アイ
I
愛

愛

山波言太郎　未刊詩集

キリシテシテテン
シテテテテン

目次

二十一世紀の詩

歌詞　拾遺

二十世紀の詩　拾遺

制作年月日　89

本詩集は、主に雑誌等に掲載されて、詩集に収録されていない作品を集めました。

二十一世紀の詩

愛

私達は次のように愛を知りました。

愛とは、他者への思いやりです。それに命を賭けることです。地球や銀河系にも。惑星や天体も他者です、愛をかける。

人と惑星や天体はどれも、同じ一卵性双生児です。

真赤な花が咲けば、やがて落花します。

愛とは、赤い血をもち合った花びらが集まって一つの花をつくり、一緒に咲き一

緒に散ることです。神はこれを生、死、
愛と名付けられます。

〈あそび歌ふうに〉

ジュリアから

風に乗って世界を舞う
あたし　ジュリア
エレン　エレン
貴女が二つの世界の
電線なのよ
電線なのよ
光ファイバーより光ってる
もっと細くて強い

あゝあゝ愛を伝える
愛が伝えられる　お話の
キレイなキレイな　風の流れよ
それがレイ　あなたもレイ
あたしもレイ
光よ　神さまなのよ
あたしたちはレイ
あたしたち光　光
元はみんな神の子供
　神の子供

草も木も　土も石も水も
みんなレイ　光　神

輝く星よ
ピカピカピカピカ
星のように
星だから　光
粒々だから　生きてる
神の子供たちなのよ
あたしたちはレイレイ
光も神も草木も石も水も
土もみんなレイ
キレイなレイ
そのお話ここでおしまい
　ジュリア、ジュリア、ジュリアから

緻密な計算

その時少女は黄色な声をたてて死んだ
それはキレイに生命を終える術かもしれぬ
風は空を音なく吹いた　風は空を音なく
吹いた　僕らはそれを懐に入れる

絶対という言葉は嘔吐のしるし
真赤なバラはまた生まれるしるし
二つのしるしを天が降らせた　ある朝
皆は死を一つえらぶ

だーれも知らない秘密があって
何事もなく空を風が吹くだけ
通り過ぎた後で僕らは気付く

天命に生き　天命に死ぬ
そんなそしらぬ習わし事を
僕らはここへ来て通りすぎさせる
それが生　それが死、かぎりなく
宇宙が天命の束を懐に入れ
楽隊屋さんのようにがなりたてる

これを人はニヒリズムと呼ぶ

切れ味

包丁を　ふところに入れて人は生まれた
万一のときには使うのですよと
祖先のさとしの袋入り

ただ一度だけ使う時があったっけ
それは戦いのさ中
戦友が死にかけたとき
俺も一緒に死のうかと
昨日のように思い出《い》ず

戦争という大きな敵は
手に負えないほど暴れる奴で
人類さんの心中の虫
そいつへの仕置きには
俺の懐の包丁が一番効く
やはり、先祖のさとしは大したもの
一発で仕止めてみせる
今度こそは
光った部分が日本刀の切れ味の
　カンどころ
西洋人も　黒肌の人にも　もちろん
黄色い俺達のみんなにも

ばつぐんの切れ味だぜ
みんなの魂というやつをバッサリ
いっぺんにキレイにするのさ
おわり

ジュ・ぺ

頼朝が愛した鎌倉　ジュ・ぺ
緑の山と青い海　ジュぺ　ジュぺ
そこで生まれたサムライは
愛の人になる卵　ジュぺ　ジュぺ　ジュぺ
なぜなら　ハラキリいとわぬ
いとしいものは　親の恩
神の恩　ジューぺ
その先にあるものは　主君の恩
主君の恩　君の恩

海・山・緑で育ててくれた　スープは
母の　ジュペ　ジュペ　ジュペ　神の乳

〈参考〉ジュベ（chevet）とは、キリスト教、聖堂内の東端、聖遺物の座。
鎌倉は緑の山と青い海に包まれた神の懐。伊藤正義教授は鎌
倉は龍体（龍神の体）と指摘している。

鎌倉サムライ　ざれ歌

人を殺せば　殺人剣
一所懸命　命かけるは侍稼業
なぜに切れない　８００年
性懲りもない恨みつらみの戦争ゴッコ
世にさきがけ　サラリと止《や》めるのも
鎌倉武士の意気地じゃないか
切って　生かせよ
今度は　活人剣に
人を斬ったら　また切られる

戦争ゴッコの殺人剣を
己れを斬って　晴れて生かせよ
昭和敗戦　一山越えて
鎌倉武士から切り替えよ
人を生かす活人剣に

・・

愛の奥山　聞こえるホラ貝
先陣争いならば　聞こえる耳が
勝利ぞ
勝ちぬけよ　駈け抜けよ
百仭《じん》の山坂　生態系こわせば

一簣《いっき》に欠くぞ
聞こえるか　生態系守れば
人類生まれ変わりの勝鬨《かちどき》ぞ
勝どきぞ
聞こえるか　生きの証文
サムライがしたためる詫状
人を斬らず　生類《しょうるい》を殺さず
貧民を助け　己れの食をけずっても
愛に生きようぞ
　勝ち鬨ぞ！
昭和一山越えたら　生まれ替わった
鎌倉サムライから
天地にとどろく　天地を開く

愛のカチドキ　日本の
コトダマの風　雲と往き来し
光をとった　リラする人々の
天陣峠にこだまする　えいえんにしみる
神しろしめしたまう証《あかし》の
　　笛か舞か歌かしらぬが
聞こえる　アイの宴《うたげ》ぞ

草の冠《かんむり》

花たちは
萼《がく》のよだれかけして
大きな口を開けて笑っている
赤ちゃん
草たちは
しおらしく隅っこの土にまで
しっかり根を張り耐えている
お嫁さん
実が成ると

お父さんらしく
エヘンと赤くなり
一杯機嫌でもあるまいに
精出して太ることに
心身けずる
けなげな男たち
一家は万歳
自然は家
神さまがお天道《てんとう》さんなら
地下を流れる水が
母さん
おじいさん　おばあさん
えいえんの愛の人たち

ＵＮＫＮＯＷＮ（わからなさ）

森に佇む　その中で
「未知」のしるしを
私達人類は確かめ合っている
ＵＮＫＮＯＷＮは暗さではない
限りない明るさの涯にあるのかもしれない
未知のあかしを求め
熊谷直人画伯はカンバスを今日も見ている
どこに最初の一点を
どんな色で（思いで）

僕は落としたらいいのかと
迷う人が　いとおしいと
限りもなく　点を　さまざまな色に変えて
今日もしるしつづける

〈作品「三つの森」を見ていて浮んだ詩〉

おわり

豊かな水と
アオミサスロキシンについては
もう書かない
介護と傅育《ふいく》も必要としない
新たな天地に僕らはいるから
（２０１２・１２・２２以降）
人口が十分の一になると言った人
そうさせると露骨にはげんだ人達は
もういない

すっかり変わっているのが
アオミサスロキシンの花が咲くと
いうことだった

をわり

未来の歌

昨日小鳥が鳴いたとよ
昨日小鳥が鳴いたとよ
春待つ小鳥が鳴いたとよ
春待つ小鳥が
　ピー　コロコロと
鳴いたとよ

ジュペ　ジュペ
聞いたかよ　聞こえたかよ

イエスさまが人待ち顔に
人待ち顔に
春のみ空を飛んでいる
ジュペー　ジュペー
あれが春待つ小鳥の姿なの
あれが　あれが
　春待つ小鳥の姿だったの

×　　×

春が来るときゃいいだろな
駈けって来るのか
車でコロコロ来るのかな

いいえ
羽が生《は》えてる天使のように
お空を飛んで来るんだろ
　ジュペ　ジュペ
イエスとマリアが泣んでる
日本の御空に虹が出て
世界をまーるく包んでる

（注）ジュペ（chevet）とは、キリスト教、聖堂内の東端、聖遺物の座所

歌詞　拾遺

蒼《あお》のうた

とおい昔の
古い古い岩
古い古い岩
蒼い苔むした
その岩を徹った
光の矢ひとつ
流れ星のように
光り抜け透《とお》った

鎌倉の風

1、
風は世界の旅人
苔むす石の通り道
地球をまわるとき
ああ　鎌倉に緑の風吹く
源氏山こえ由比ガ浜
古都鎌倉に　ルルル　ルルル
緑の風吹く

2、
風は世界の旅人
もののふ達の通り道

地球をまわるとき
ああ　鎌倉に緑の風吹く
若宮大路松並木
古都鎌倉に　ラリラ　ラリラ
緑の風吹く

3、
風は世界の旅人
静《しづか》日の本《もと》愛の道
地球をまわるとき
ああ　鎌倉に緑の風吹く
段葛《だんかずら》には桜咲き
命のながれ　リロロ　リロロ
緑の風吹く

義経・静の三段がえし

〃しづやしづ　賤《しづ》の苧環《おだまき》くり返し
昔を今になす由もがな〃
　と歌いしわれは
しづやしづ　しづやしづ　賤《しづ》の苧環《おだまき》
呼び戻し　昔が今にかわりたり
昔を今に返したり
段葛《だんかずら》には　花が咲き　緑の鎌倉
うれしきぞ　義経とともに舞いいでにけり

義経ここに舞い出《い》でにけり
静ともども　日《ひ》の本《もと》の春ぞ今
日の本の春や今　世界の春に
舞うぞ嬉しき

ボルテ・チノ（蒼き狼）桜の思い出

1、春が来てサクラ咲けば
あの日は返るわが胸に
静《しづか》　静《しづか》　あの瞳《め》
わがいのちよ
二人だから話せたね
愛はいのち　別れても
永遠《とわ》に消えぬ
サクラ咲けば　逢える
サクラ咲けば　逢える

（桜　桜　咲けば帰る）

2、
秋が来て木《こ》の葉ちれば
季節はめぐる私にも
しづや　しづしづ　あの日
返らない
二人だから聞こえるわ
愛は秘密　別れても
別れても
サクラ咲けば　返る
サクラ咲けば　かえる
（桜　桜　咲けば逢える）

草山の歌

草山の草に
人立つ見れば
侘しさに　呼んでみし
母の名を
草山の草に人立つ見れば
呼んでみし　まだ見ぬ人の名を
草山の　草山の草に
人立つ見れば呼んでみし
神の御名《みな》を

おお　あの若き日よ
人は去り
愛は残り
人は去り、愛は残り
草山は草深く
今日も　我れを
迎えぬ

こぞの冬　こぞの夏
こぞの冬　こぞの夏
いま　三度《みたび》の春を…………
草山に　うぐいすの鳴く　やがて
夏を迎えん

人夏を迎えん
おお　神よ　ああ母よ、人よ…………

走れ 愛の幌馬車　アニー・ローリー

1、桜咲けば　春ゆきぬ
夏来れば　秋ゆきぬ
お丶　アニー・ローリー
　君逝きて
二人で開いた愛の窓に
面影うつし　今月のぼる

2、桜咲けば　春を呼ぶ
夏来れば　季節めぐる

おゝ　アニー・ローリー
　君います
愛のターミナル・ステーション
銀河鉄道　幌馬車はしる

日はまた昇る

1、歩いても歩いても
私に見えている
とおい　とおい
歩き終わった道も
いつか人と泣いた崖も
みんなここで待っている
（ああ………）
日はまた昇る

2、泣いたけど泣いたけど
私は忘れない
あなた　あなた
二人だけで見えた
通りすぎた日の暦
ペンの色や足音も
（あゝ）
日はまた昇る

3、あそんだがあそんだが
みんな帰ってく
ほうら　ほうら
五つの指とマリと

虹色はだらかえで色
空気ひかり走れば矢
（あゝ）
日はまた昇る

4、
あの日からあの日から
私が書いておく
それは　それは
誰と彼と蟻も
七つあったお寺の杉と
お話したおはなし
（おゝ）
日はまた昇る

さすらいの唄

（北原白秋　作詞）

1、行《ゆ》こか戻ろか北極光《オーロラ》の下《した》を
露西亜《ロシア》は北国はて知らず
西は夕焼東は夜明け
鐘が鳴ります中空《なかぞら》に

（山波言太郎　作詞）

2、駒にゆられて行くこと千里
止むにやまれぬ旅だから

捨てたふるさと真赤に燃えて
明日《あす》はオーロラが鐘をうつ
明日はオーロラが鐘をうつ
　オー　ソレミヨ
　オー　ソレミヨ
明日《あす》はオーロラぞ　真昼の夢ぞ
明日はオーロラの人となれ

二十世紀の詩　拾遺

青い星

なにもないところで
誰かが唄う
その声が聞こえる
あれは新しく始まる
何かの
音　しるし　そして
高くひろい明るい意味
あゝ
声が凝って　ついに

一つの言葉となり
コトバは木の葉のように
さらさらと降りつもり
大地となる
大地は
海のように
もり上り揺れ動き
その中から
青い一点が
芽生える
すべてのものがその方を振り向いて
おろがむ
おゝ　あの青くつつましい輝やくもの
「吾れ」ここに生まる

誕生

鼠がはねて
月にとびこむ
午前三時
月は赤らんだ満月
夏が草の陰で
眠りの時間
シェイクスピアの真夏の夜の
汗ばんだ期待
待ちかまえていたように

多勢の人達が
地球の縁につかまって
のぞきこんでいる
いまし　一つの太陽が
勢いよく
宇宙の海へ頭を
突っ込む
午前三時
それは最も地球が芯で
冷えたまま
何かを期待する時刻
〈ＮＡＨＯＴＯ〉
お前は生まれた

或る霊のうた

此の世には光も空気もないほどに
飢えた人々が歩き廻っている
空の方から見ていると
点々の粒のように見えるが
それが時々光を発するので
行方が分からなくなることもある
だがすぐに雲を破る太陽のように
私の目は確かだから
その粒々の点々を再発見し

そのあとを目で追うことの楽しさ
此の世界にはもう地下水がない
人間どもがみんな掘って呑みつくした
もう出てくるものは砂しかない
だから天界の空気もすっかりカラカラで
愛の滋液もさっぱり効かぬ
そろそろ吾等のお出ましで
火を放てば地球は一瞬で燃えつきる
その楽しみ　その楽しみのために
今までじっと耐えてきた
一挙に笑ってうさ晴らしも出来ようぞ

のりと

のりとをあげている男の声が
街角のポストの中に入っていく
声は一通のレターとなり
宛名は書かれないまま
どこかへとんで行く

リラの響き

そのときが来た　はらからよ
みんなが忘れていた歌を歌う時が
来た
人は神である　あなたは私です
私はあなたです　石も木も草も花も
虫も魚も鳥もけものたちも私です
みんながみんな　私はみんなです
はらからよ　新しい歌を歌う
その時が来た

さあ　リラの音を天にひびかせよう
天と地をつなぐ息を声にしよう
地球に黎明《れいめい》が来た　夜明けが来た
メシアが歌う　人はみんなメシアです

貝の耳

貝は耳よりも深い穴をもつ
その穴で聞こえるものは
神も聞いたことがないほど古い言葉
ブツブツ　トツトツ　としか
聞こえない　聞きとれない
地球人の耳は貝の穴よりも深い
その穴で聞こえ始めている
神々が密会して
口をすべらせた

地球がもうすぐ宇宙でランデブー
するそうな　そうするそうな
誰と？
時間の階段をかけ上ぼってごらん
見えないはずの太陽が
もう一つ見えている
気がかりなのは明日のお天気だけ

敬礼

蟻の足音を聞く
地球にミシミシ
意外なほどしっかりした歩調で
三八銃をかついだ
軍靴の群が流れていく
タイムスリップした
逆廻転フィルムのように
おい　蟻の諸君
挙手の敬礼に代わって

投げキッスして行くところが
妙にハイカラさんの悲しいところ

黒曜石

堅い粒々なら
砂になってもおかしくないのに
ピカピカ光るものになってしまった
芯のところで暗い心があるので
灯《ひ》を死ぬまで灯していなければならない
いま　地球は
砂になろうか
僕みたいになろうかと
悩んでいる

芯にある暗い心を捨てっちまえ
そしたら
灯《ひ》だけが燃えてる変わった石になれるかも
ね

流星の門

二つの流星の間から
隠し鳥が見えた
夜も翔《と》べるのは
不死鳥だからだ
夜明けの知らせを皆に告げに
二十一世紀が来る前に
白い幕と黒い幕が交叉しても
それを見る人と見えない人を
分けるために

二つの流星は新しい門である
その間から不死鳥は現れて
二十世紀の暗い空間を舞って
二つの種類の人に人を分ける
そして　一つの種類の人を
不滅の流星の門から引き入れる
その後で門は閉じられ
永遠に開かれない

注　この詩は、小池昭子「夜空に鳥が飛ぶのでしょうか」（所感文）
に答える意味をもっている

警告

石を土に落とす。
ポツンという音がするだけ、
べつに穴が明かない分
地球さんは感じたことを隠すんだな。
毎日、僕たちは石を土に落とすように
瞬間という　想念の球を大地に落とす
あるいは互いに投げ合う。
入りみだれる球のヤリフスマの間を
私達はよけることを出来ず

行き交っている。
「分かるかい？」
とても辛いんだな地球さんは
しみもつかないかかわりに受けた球を耐える
投げ合う人を無言で見つめる。
この永い長い　忍耐の末に
大地は怒りの信号を出した。
一九九四年一月一七日　マグニチュード６・８　ロス
　地震
そして
一九九五年一月一七日　阪神大震災　マグニチュード
　７・２
どちらも大地の青筋と思いたまえ
青筋の次は赤い怒りがくると思いたまえ。

発刊に際して

桑原瑠理子

桑原啓善はスピリチュアリストであり、同時に詩人でした。生涯詩を愛し、詩を大切にしました。けれども戦争体験から恒久平和を悲願してデクノボー革命運動を始めますと、それに心血を注ぎ、詩を書く余裕は無くなりました。しかしその後、むしろデクノボー革命の一環として癒しの朗読を唱導しみずから実践するようになり、公演なども精力的におこないました。そしてリラ自然音楽の歌詞となる詩をつくったり、個人詩誌を発行したり、時には会報誌にも詩を発表しました。まことにさいごまで詩の心を失わないで、愛の言霊《ことだま》を発し続けた本当の詩人であったと、私は思っております。

この度の詩集は晩年の、詩集に収録されていない詩作品を集めてつくってもらいました。

実は昔、桑原が詩集をつくっていた頃はお金が無かったので、また現在と違って印刷代も高かったので少部数しかつくれませんでした。それでそのような詩集はもう残っていません。ですから本当は無くなった昔の詩集をもう一度つくって再発行してあげたかった思いもあるのです。けれども最晩年の詩は全く詩集にはなっていないので、まずはそちらを集めてつくることにしました。今一冊に集めてもらい眺めておりますと、桑原はよく「詩人は予言者である」と申しておりましたが、まさにこれは予言の詩であると感じ入ります。

でくのぼう出版のみなさん、お世話になりました。

私も残りの時間は僅かですので、これで少し、ホッとしました。

令和五年一月一日

桑原啓善　生誕の日に口述

制作年月日

草山の歌	2011.4.4	2011 年 5 月号（CD『雪どけの歌』収録）
走れ 愛の幌馬車　アニー・ローリー	2012.10.6 改	原稿コピーのみ存在
日はまた昇る		CD『雪どけの歌』収録
さすらいの唄	2013.3.24	CD『心のともしび 愛の歌』収録

■ 二十一世紀の詩　拾遺

掲載誌「生命の樹」（「青い星」「誕生」除く）

青い星	1976 年以前	「詩洋 第五拾周年記念号」昭和 51 年（1976 年）8 月 1 日発行 No.283
誕生	1978.5.17 以降	「三州文化」第 19号 1981年1月
或る霊のうた	1987.4 月以前	1987 年 4 月号
のりと	1987.4 月以前	1987 年 4 月号
リラの響き	1992.6.17	1992 年 8 月号
貝の耳	1993.7.13	1993 年 9 月号
敬礼	1993.7.15	1993 年 9 月号
黒曜石	1993.8.28	1993 年 10 月号
流星の門	1993.8.28	1993 年 10 月号
警告	1995.1.17 阪神淡路大震災以降	1995 年 3 月号

■ 二十一世紀の詩

	制作年月日	掲載誌「リラ自然音楽」
愛	2000.11.28	2001 年 1 月号
〈あそび歌ふうに〉ジュリアから	2007.8.19	2008 年 1 月号
緻密な計算	2009.2.11	2009 年 7 月号
切れ味	2010.3.3	2010 年 4 月号
ジュ・ペ	2010.7.17	2011 年 9 月号
鎌倉サムライ　ざれ歌	2011.1.4	2011 年 2 月号
草の冠	2011.7.23	2011 年 9 月号
UNKNOWN（わからなさ）	2011.11.6	2012 年 6 月号
おわり	2012.6.8	2012 年 7 月号　別冊 No.49
未来の歌	2012.11.12	2012 年 12 月号

■ 歌詞　拾遺

蒼のうた	1998年	1998 年 8 月号（CD『雪どけの歌』収録）
鎌倉の風	2007.9.23	2007 年 12 月号（CD『桜散るころ』収録）
義経・静の三段がえし	2007.10.24	2008 年 1 月号（CD『雪どけの歌』収録）
ボルテ・チノ（蒼き狼）桜の思い出	2011年	2011 年 4 月号（CD『桜散るころ』収録）

1993　警告詩集Ⅰ「1999年のために」でくのぼう出版
1994　警告詩集Ⅱ「アオミサスロキシン」でくのぼう出版
1995　「夕暮れの歌、夜明けの歌」でくのぼう出版
1999　「山波言太郎朗読詩集」上下巻　（株）ハーブ銀河鉄道
2003　「地球が晴れて行く」でくのぼう出版（2004、第２刷）
2006　「拾遺・脱皮」ノア出版
2012　「詩集　別情歌」でくのぼう出版
2012　改訂増補版「警告詩集Ⅱ　アオミサスロキシン」でくのぼう出版
2012　改訂抄本「地球未来の予言書　詩集『アオミサスロキシン』抄」でくのぼう出版

山波《やまなみ》 言太郎《げんたろう》（本名・桑原啓善《くわはらひろよし》）（1921 ～ 2013）

詩人、心霊研究家。慶應義塾大学経済学部卒、同旧制大学院で経済史専攻。不可知論者であった学生時代に、心霊研究の迷信を叩こうとして心霊研究に入り、逆にその正しさを知ってスピリチュアリストになる。浅野和三郎氏が創立した「心霊科学研究会」、その後継者脇長生氏の門で心霊研究三十年。同時に詩人として一九四三年より前田鐵之助氏の他界まで「詩洋」同人。日本詩人クラブに一九五一年より所属。一九八〇年より個人詩誌「脱皮」発行。

一九四三年学徒出陣で海軍に入り、特攻基地で戦争体験。一九八二～八四年一人の平和運動（全国各地で自作詩朗読と講演）。一九八五年「生命の樹」を創立してネオ・スピリチュアリズムを唱導し、でくのぼう革命を遂行。地球の恒久平和活動に入る。一九九八年「リラ自然音楽研究所」設立。すべての活動を集約し二〇一二年「山波言太郎総合文化財団」設立。

訳書『シルバー・バーチ霊言集』『ホワイト・イーグル霊言集』『霊の書』上中下巻『続・霊訓』『近代スピリチュアリズム百年史』他。著書『人は永遠の生命』『宮沢賢治の霊の世界』『音楽進化論』『人類の最大犯罪は戦争』『日本の言霊が、地球を救う』他。

詩　集

1963　「水晶宮」私家版
1974　「同年の兵士達へ」詩洋社
1976　「ネオ・シュルレアリスム　1999年のために」詩洋社、（第 10 回日芸全線詩人賞）
1979　「幻の花」「1979年　同年の兵士達へ」日本未来派の会
1982　「桑原啓善詩集」芸風書院
1983　「つれづれのうた抄」ＶＡＮ書房
1983　「軍靴の歌」脱皮詩社
1984　「続・つれづれのうた抄」ＶＡＮ書房

愛　山波言太郎 未刊詩集

二〇二三年 二月 一五日　初版　第一刷　発行

著　者　山波言太郎

装　幀　熊谷淑徳

発行者　山波言太郎総合文化財団

発行所　でくのぼう出版
神奈川県鎌倉市由比ガ浜 四—四—一一
ＴＥＬ ○四六七—二五—七七〇七
ホームページ https://yamanami-zaidan.jp/dekunobou

発売元　星雲社（共同出版社・流通責任出版社）
東京都文京区水道 一—三—三〇
ＴＥＬ ○三—三八六八—三二七五

印刷所　シナノ パブリッシング プレス

ISBN978-4-434-31815-3